雑詩集

月の石

鈴木稜紀

雑詩集　月の石

目次

I

街角にて 8
空飛ぶ街 9
月の石 11
ちょっとお訊《き》き したいのですが 13
一枚の写真 15
異次元 17
それぞれの宇宙 18
生　命 20
宇宙的な〈孤独〉 22
星を観る星 24
長い時間 26

人間の未来
生命の未来 28
ロッキーや アルプスや 31
科　学 33
遺伝子との 対話 35
神　秘 40
現代の神話 42
はじめの質料 46
考える 47

Ⅱ

知と信　50
神秘主義《スーフィズム》　52
真　人　54
実　在　58
「悟り」と「救い」　60
最高善　63
ある仏者の話　67
宗教は歴史に
　解体されて…　68
輪廻転生　71
父と母　73
瞑　想　74
ブラフマン・
　ニルヴァーナ　76
インド　78
インドの極意　80
インドの宗教　82
超能力　83
無宗教　85
色即是空　87
聖　典　88
習　慣　90
浄　土　93

Ⅲ

四十億年　98
環境像　100
生と醒　102
不思議　104
完成態　106
存　在　108

〈ことば〉の不思議　110
未来の哲学　112
、、、フクロライオン　115
細　胞　118
考える器官　121
動物の心　125

Ⅳ

自分の〝一生〟 132
四条大橋 135
イヤな感じ 136
忙しい 138
ヘーゲルの読み方 140
体制派 146
理想と現実 148
存在論と認識論 149
真　理 151
権利と義務 152
ウィリアム・ブレイク語録 153
ニコライ・スタヴローギン 155
〝悟り〟 159

I

街角にて

街角の
広い
十字路を
ひとり
空を
仰ぎながら
渡っていると
ふと
自分が
地球
という
一個の惑星《ほし》
の上を
てく〳〵と
歩いている
実感に
とらわれる
時がある

自らの
存在を
最も深く
自覚する
一瞬

空飛ぶ街

ある街の
ある宅《うち》に
隕石が
落下した
と
先日
テレビが
報じていた

小さな石片
ではあるが
それでも
この

突然の
侵入者は
その宅《うち》の
屋根を
打ちぬき
天井を
つき破り
応接室の
ガラスケース
を砕いて
ようやく
床の
ジュータン

の上で
カンネンした
ようである

（さぞかし
長い旅路
であった
ことであろう）

このような
時折の
かれらの
飛来が
また
われわれも

この広大な
宇宙の
一漂泊者
であることを
知らしめる

月の石

われわれの
〈脳〉は
どこまで
〈外界〉を
正確に
とらえている
のか
それに
ついては
少々疑問
であった

だが

その
〈脳〉が
ロケットを
こさえて
月まで
出掛けて
行き
そこから
小石を
拾ってきた
ところを
みると
あながち

的外れな
ことを
やっても
なさそうで
ある

ちょっとお訊《き》き　したいのですが

ちょっと
お訊《き》き
したいのですが

この
われわれの
大地（地球）が
あの
ギラ〳〵と
輝く
お天道さまの
周りを

毎秒三十粁
の速さで
たえず
巡っている
ということを
どう
思われます

また
その
お天道さまも
われわれが

属する
銀河という
ものの中心《まわり》を
同じように
秒速二五〇粁
で周回《まわ》っている
ということ
を

そして
その
銀河も
この
広大な
宇宙を

同じような
速さで
飛翔し
つづけている
ということ
を

それでも
明日
やはり
会社へ
行きます?

一枚の写真

米国の
衛星
マーズ
パスファインダーから
送られて来た
火星、
の地表を
写した
一枚の真写
草木や
生き物の
影など

どこにも
見当たらない
ただ
岩石だけの
見渡す
かぎりの
褐色の曠野
この世を
もし
神が創った
のであれば
わが

地球《ほし》の
隣りに
これらが
数十億年
という
長期にわたって
われらに
知られることなく
存在していた
ということが
一体何を
意味する
のだろう

異次元

今
まさに
誰かに向けて
発射された
ばかりの
ピストルの弾
でさえ
宇宙線は
射抜いている

それぞれの
宇宙

小さな
アリ塚を
出たり入ったり
忙しく働く
アリたち

深山の
渓谷の
岩陰で
静かに
苔をつつく
魚たち

神よ
かれらに
この
広大な
宇宙の存在を
知らしめないで
いいのか

それとも
この
われらが

今
宇宙
とよんでいる
ものも
ひょっとして
何か
もっと
大きなものの
ほんの
片隅に
すぎないのか

生命

飛来した
隕石に
生命の
痕跡らしい
ものが
見受けられる
というので
調べてみると
それらは
アミノ酸などの
モノマー
といわれる
極く
初歩的な
有機物で
それらを
〈生命の痕跡〉
などとは
とてもいえない
という

この
程度のもの
は
火山活動や
地震や

落雷
などでも
生成される
という
実験室でも
作るのが可能
だという

その
モノマーから
タンパク質
などの
ポリマー
といわれる
ものへの

過程が
すこぶる
複雑で
そこには
数々の偶然
(の作用《はたらき》)が
重なり合って
いるらしい

この
宇宙に
おける
一回きりの
大偶然
の重なり?

宇宙的な
〈孤独〉

この
広大な宇宙に
ひとり
ぽつんと
投げおかれて
われわれは
なぜ
発狂《くる》わないのか

それは
実際の
順序とは

逆に
この
宇宙があって
われわれが
ある
のではなく
われわれが
あって
この
宇宙がある
からである

宇宙の
存在など
他の
日常の
心配事に
比べれば
別に
どうという
こともない
関心の外
である

星を観る星

夜空の果ての
星々を
毎夜
ひたすら
観察しつづけ
そのまま
生を終えた
天文学者の
生涯とは
何だろう
ただ
観つづけるだけの
一生

だが
その
かれも
われわれも
同じように
星屑から
生まれた
(ヒトという)
小さな惑星
父星
母星という
小惑星が

結合し
〈爆発〉して
生まれた
新たな惑星《ほし》
寿命が
数十年という
微小な惑星《ほし》

この
短命な
惑星は
次に
命をつないで
ひたすら
故郷の

大空の
星々を
観察しつづける
何のために?

星を観る星

長い時間

ある
種の
軟体動物が
身を
護るため
体皮の
一部を
硬い殻に
改《か》え
その
身を
さらに
二つに
折りたたんで
〈貝〉
になるまでの
長い
〈進化〉の
時間

その
長さに
比べれば
チンパンジーが
ヒトに
なるまでの

時間など
比較に
なるまい

それでも
ホタテ貝は
今でも
ヒトデに
喰われている

生命は
はじめから
生命を
エサにする
ように
創られて
いるのに
どうして
喰われない
ように
努力（進化）
するのだろうか

人間の未来
生命の未来

われわれ
現人類が
オランウータン
と分れ
ゴリラ
と分れ
チンパンジー
と分れ
また
猿人や原人
と分れて
きたように

やがて
〝未来人〟が
現人類《われわれ》から
分れて
いくのだろうか

もしかすると
宇宙に
飛び立つ者が
〝未来人〟で
あとに
残った方が

絶滅種?

それとも
魚類、両生類
爬虫類、哺乳類
のあとに
あらたな
X類が
登場する
のだろうか

その
X類《かれら》は
どのようにして
子供をつくり
育て
また
〝交合〟する
のだろうか

きっと
彼らには
大きなお腹《なか》から
子供を
生みおとし
それらに
大きな乳房を
ふくませて
育てる
われわれ

人類も
牛も
犬も
みんな
同じように
見えること
だろう

ロッキーや
　アルプスや

ロッキーや
アルプスや
ヒマラヤの
鋭く
屹《き》り立った
頂きを
眺めていると
時折
不思議な
気持に
おそわれる

これらの
山々は
数億年
という
歳月をかけて
このような
たたずまいに
なったので
あるが
それらの
一瞬を
今、

目にしている
われわれの
つかの間の
人生

科学

科学
というのは
ものが
ある
ということを
前提に
なされる
学問である
即ち
ものの
ありようを
究明する
学問である

だが
それを
どこまでも
推し進めて
いくと
しまいには
では
なぜ
こんなものが
あるのか
ということに
なる

こうなると
もう
お手あげ
である
そこで
〈神〉
を持ちだし
この
問題に
栓をして
しまう

栓をしないで
その向うの

空白に
思いを
はせても
どうなるもの
でもない

つまり
はじめから
すべてが
この
空白
の上に
浮んで
いたのである

遺伝子との
対話

遺伝子よ
何故《なにゆえ》に
そんなに
ひたすら
コピーし
つづけるのか
その意味は
何か
そうやって
コピーされ
形造られた
われわれの
人生とは
いったい
何なのか

そんなことは
オレにも
分らない
オレだって
コピーされた
から
また
そうしている

だけだ
おそらく
オレが
コピーされた
とき
オマエもまた
そうしろ
という
情報が
同時に
コピーされた
から
オレは
そうしている
のだろう

だが
然し
何故の
コピーなのか
それは
どのように
始まったのか
それは
無限に
つづくのか
それとも
やはり
寿命が
あるのか

その
寿命とともに
霊長類《われわれ》も
終るのか

そんなことを
いわれても
オレには
分らない
それにしても
先日も
同じような
ことを
ある
中学校の

教師が
生徒たちに
いっていたな
〝おまえたち
しっかりとした
人生を送れ
決して
ただの
遺伝子の
運び屋
で終るな〟
と
オレも
ずいぶん
きらわれた

ものだ

その
教師も
きっと
困っている
のだろう
そんな形で
〝人生〟を
授けられて
どうして
いいか分らず
そんな
強がりを
いっている

のだろう
他にも
困っているものは
大勢いる
だろうよ
釈迦だって
キリストだって
ソクラテスだって
つまるところは
そこだからね
問題の
根っ子は

いや
何とも

面目ない
だが
本当に
オレにも
よく分らない

神　秘

Ｊ・ワトソンは
生命の本質を
神秘的なもの
ではなく
化学の問題
にすぎない
という

だが
ＤＮＡによる
自己増殖
という
（近代科学
でさえ
想像《おもい》も
よらない）
システムを
四十億年も
前に
自然が
開発していた
（それも
百万分の一ミリ
単位で）
ということが
神秘でなくて

なんであろう

現代の神話

人類が
これまで
創り上げた
数々の
〈神話〉は
それぞれの
民族
国家
によって
少しのちがい
はあっても
大方は
その

〈神〉や
〈神々〉の
〈天地創造〉
からはじまる
のでは
なかろうか

それに
対して
現代の
科学が
こさえた
新手の

〈神話〉は
凡そ
次のような
ものになる
だろうか
即ち
この
われらが
天地は
〟ひとつの
大爆発《ビッグバン》から
はじまった〟
と

それは

〟無限大の
エネルギーを
持つ
無限小の
時空の
大爆発〟
そして
その
爆発の
初期には
われわれの
天地は
〟一個の
陽子や
中性子より

小さかった〟
と

さて
どちらの
〈神話〉を
あなたは
〈信じ〉ます?

それにしても
現代の
〈神話〉の
〝無限大の
エネルギー〟
とか

〝無限小の
時空〟
とかいう
概念は
〈神〉や
〈神々〉と
同じくらい
〈神秘的《ミステリアス》〉
である
その上に
その
想像を
絶する
〈大〉と
想像を

絶する
〈小〉とが
同じものの
属性とは

はじめの質料

いま
わたしが
いちばん
関心を
もっているのは
その
〝ビッグバン〟
が
起きたときの
はじめの質料
が
どこから
来たのか

ということ
ですね
とは
ある
科学者の弁

考える

そのひとが
ものを
本当に
考えているか
どうかの
目安は
こころの
奥底で
たえず
〈ある〉
の問題に
とりくんでいるか
どうか
にある
〈ある〉
の問題に
自らなりの
解答《こたえ》を
出そうと
しているか
どうか

すべては
〈ある〉から
はじまる

のだから
何を
やるにも
〈ある〉の
不思議から
のがれられない
のだから

II

知と信

「知」では
「信」へは
行けない
「知」で
「信」を
起こさせる
ことも
出来ない

「知」は
万人共通の
証明可能な
もの

「信」は
純粋に
個人的なもの

「知」は
悟性的領域
であり
「信」は
心の
最深奥の
神秘的直観
の領域
である

というのが
（十二世紀の）
イスラム思想家
ガザーリーの
説である

神秘主義《スーフィズム》

神は
全能
であるゆえ
いかなる
教義にも
限定される
ことはない

自らの
教義で
囚えた
神を讃え
他（宗）の

それを
攻撃《けな》すのは
無知（者）の
なせる業
である

真の
信仰者は
他者の信仰《それ》に
干渉しない
いかなる形の
信仰の中にも
神（の存在）を

認めるだろう

というのが
（十三世紀の）
イスラム
神秘主義者
イブン・アラビーの
教説である

真人

仏教の
おこりは
釈迦が
バラモン教の
神々を
信仰せず
それらの
かわりに
〈人〉を
自らの
〈思想〉の
中心に
据えたこと

であった

かれは
〈人〉の
主体的行為
に注目し
〈人〉は
正しい行為
によって
〈真人〉
になれる
と説いた

自らの
浄らかな
行為によって
自らを
浄めること
ができる
何人《だれ》も
他人《ひと》を
浄めること
などできない

〈真人〉とは
即ち
〈仏〉のこと
である

少なくとも
はじめは
そうであった
ところが
かれの没後
この
〈仏〉が
だん〳〵
神格化
されていく

他方
その
〈真人〉への

道のりが
その
主体的行為
の実相が
尋常なもの
ではなかった

そこでの
究極の
目的は
再び
この世に
生まれ
かわらないこと
であった

そのためには
この世に
対する
一切の
執着を
断ち
ひとり
涅槃
（の境地）に
入ること
であった

「解脱の
境地は

空にして
無想」
などという
「行いが
浄らかで
煩悩の
汚れが
消滅している
人は
再び
母胎に
宿ることは
ない」

実在

釈迦曰ク
オマエが
母親を
亡くして
悲しんで
いるのは
オマエが
母親を
実在とみて
それに
執着した
からだ

この世に
実在
なんてものは
何もない

母親も
実在で
なければ
それを
実在だとか
実在でない
とか
いっている

オマエ自身も
実在ではない

だから
オマエの
魂も
実在では
ない
「あの世」
なんてものは
ない

「悟り」と「救い」

仏教は
一般に
「悟り」と
「救い」の宗教
といわれて
いるが
その
二つの
相矛盾する
ような
概念の
淵源は

意外に古く
原始仏典
『スッタニパータ』
や
『ダンマパダ』
などにある
釈迦自身の
矛盾（二面性）
にあるのかも
しれない

つまり

釈迦自身の
形而上学と
形而下学
生を
自らの代で
終らせよう
とする
自己認識
と
生きとし
生けるものに
慈しみの心を
という
他者認識

生の
リンネの
否定と
肯定
これが
大乗と
小乗に
分れる要因
であり
また
大乗の中でも
聖道門と
浄土門に
分れる要因
ではなかろうか

また
別の角度から
見ると
古代インド文化
固有の
「ヨーガ」と
「哲学（思弁）」
の二門に
その淵源が
あるのかも
しれない

最高善

釈迦にとっての
最高善は
「生まれてこない
こと」
である
釈迦自身の
ことばで
いえば
「二度と
母胎に
宿らない
こと」

そうで
あるならば
今すぐ
死ねばいいのか
というと
そうでもない
下手な
死に方を
すると
また
生まれてくる
ことになる

では
この
延々とつづく
生のリンネ
から
いちぬけた
となるためには
どうすれば
いいのか
そもそも
何が
リンネする
のか
それは
欲望

である

ゆえに
欲望を
断てば
この
リンネから
逸れられる

これは
釈迦が
インドに
古来から
ある
アートマンと

ブラフマンの
一体化
という
思想に
影響を
うけてのこと
かもしれない
即ち
「梵我一如」

―・―

この
泡沫《うたかた》のごとく
定めなき
この世の

いかなるもの
にも
執着せず
いかなるものも
所有せず
いかなるものにも
実在を
見出さない

この
〈生〉の
一切の
〈妄想〉から
離（解）脱して
生きながらに

その
〈彼岸〉に
達すること

煩悩（生への
執着）の
痕跡が
ふたたび
生まれかわる
当体を
形成する
素材《もと》
となる

ある仏者の話

神が
いるのなら
宗教など
いらない
とのこと

人殺しを
しようが
何をしようが
すべて
神の
おぼし召し
であるゆえ

それに
われわれが
とやかくいう
筋合い
はない
とのこと

宗教は歴史に
解体されて…

『旧約』の
人間《アダム》が
泥土から
造られた
話や
「ノアの方舟」
や
「バベルの塔」
の話は
シュメルの神話
から
拝借したもの

であり
預言者
モーゼの
出生譚は
アッカドの
サルゴン大王の
それにそっくり
といわれ
その
「十戒」も
エジプトの
宗教戒律

の中にある
といわれている

また
『新約』の
この世を
天使と
悪魔の戦い
とする構図や
最後の審判
などの概念は
ゾロアスター教
から来たもの
といわれている

そして
『コーラン』は
その
『旧約』と
『新約』の
やき直し
である

また
仏教も
主要な概念
である
輪廻や
解脱や
悟りなどは

先行する
『ヴェーダ聖典』
や
ウパニシャッド
哲学のもの
なのである

このように
それぞれの
〈宗教〉が
それぞれに
その
〈成り立ち〉を
明らかにされ
歴史の中に

解体されて
次第に
その求心力を
失っていく
は、ず、な、の、だ、が…

輪廻転生

この世に
さまざまな
レベルのひとが
いるのは
それぞれ
あと何回
輪廻転生を
くりかえすか
の差《ちがい》
なのだろうか

釈迦は
ある故人に
ついて
〝あのひとは
すばらしいひと
だったので
二度とこの世に
戻ってくる
ことはない
だろう〟
とか
〝あのひとは
(生前)
いいところまで
いっていたので

あと少し
（もう一、二回？・）〟
などといっている

父と母

バラモン教での
「父と母」が
仏教では
「母と父」になり
それが
漢訳されると
また
「父と母」になる
とのこと

瞑想

釈迦は
弟子たちと
何をしていたのか
というと
〈瞑想〉を
していた
その指導に
あたっていた
のである

そして
彼の没後
その指導の
ことばが
〈宗教〉に
なった

〝わたしの
入滅後は
わたしの
おしえを
師とするが
よい〟

あとに
残された

弟子たちの
群れが
教団となった

ブラフマン・
ニルヴァーナ

「悟り」という
現象は
ギリシャにも
ヘブライにも
イスラムにも
ない
仏教独自の
もの
である
『ヴェーダ聖典』
に

ブラフマン・
ニルヴァーナ
(ブラフマンの
中に消えていく)
という一節《くだり》が
あるそうだが
仏教も
他の
インド哲学・
宗教と
同じように
そのあたりを

濫觴とする
のであろう

ブラフマン
＝漢訳で「梵」
宇宙の最高原理
ニルヴァーナ
＝漢訳で「涅槃」
原意は「消す、吹き消す」

インド

わが国が
〝国の夜明け〟を
迎える頃には
すでに
インドでは
存在や認識や
有や無や
現象や本質や
時間や空間や
原因や結果や
連続や不連続や
常住や刹那や
また
輪廻や転生や
解脱や涅槃や
業や瞑想《ヨーガ》や
アートマンや
ブラフマンなど
についての論議が
ひと巡りし
終っている

即ち
ヴェーダ聖典や
バラモン教や
ウパニシャッドや

ヨーガや
原始仏典や
ジャイナ教や
バラモン哲学や
大乗仏教や
タントリズム
（密教）や
ヒンドゥイズム
などが
出つくしている

インドの極意
（『バガヴァッド・ギーター』）

にんげん
生まれたからにゃ
　肉体を有《も》ったからにゃ
何もせんわけにもいかぬ

だがよく聴け！
　耳をこっぱじけ
一度きりしかいわんぞ
　いかなる所業にも
　手を染めるな
とはいわぬ

だがせめて
その結果《なりゆき》から自由であれ
　それが
　さ、と、り、の極意じゃ

いかなる結果《なりゆき》に
なろうとも
知ったこっちゃない
　そんなもので
　喜んだり悲しんだり
恨んだり期待したりはせぬ

はなから
所業にも無所業にも
執着などせぬ
それが涅槃の道じゃ
さとったものは
　見ても聞いても眠っても
　食うても歩いても
「わしは何もしとらん」
と考える

インドの宗教

ジャイナ教は
実践（面）で過激
原始仏教は
理論（面）で過激
どのあたりが
落しどころか
ヒンドゥ教や
大乗教が
妥当なところで
落ちついた？

超能力

坐り方
呼吸の仕方
意識の
集中のさせ方
これらを
一定の作法に
従って行えば
〈超能力〉を
得ることが
できるという

前生を
垣間見たり

他人の心を
覗いたり
自らの死期を
知ったり
覆われたもの
遠隔のものを
透視したり
水の上を
歩いたり
虚空を
飛んだり
そんなことが
できるという

紀元五世紀頃
に書かれた
『ヨーガ・スートラ』

無宗教

キリスト教も
イスラムも
他の宗教
（の存在）を
一応認めるが
〈無宗教〉
だけは認めない
らしい
宗教を
もたないものは
危険人物
になるらしい

だが
神様教より
人間教の方が
はるかに
秀れている
と思うのだが
神様を
大事にする
よりも
人間を
大事にする
方が
生きとし

生けるものを
大事にする
方が

ひとは
〈無宗教〉
（の状態）で
生まれてきて
その
生まれ落ちた
土地により
キリスト教徒や
ムスリムや
仏教徒になる

そうした
相対主義
（の考え）を
とらなければ
生まれたときの
〈無宗教〉
（の状態）に
立ち戻らなければ
互いの交流は
不可能である
それが
人間教の
立場である

色即是空

釈迦自身は
色即是空
で
それを
空即是色
とかえすところに
大乗仏教
の
はじまりが
ある?

聖典

ウパニシャッドを
はじめとする
古代インドの
著作（物）では
著者の名が
判然としない
ものが多い
という

それは
後続する
思索家たちが
先行する
著作（物）に
自説を付加して
新たな作品
とする伝統が
あるからだ
という

それは
仏教でも
例外ではない
ようである
どこまでが
釈迦自身の

言葉（思想）で
どこからが
後継者たちの
付加物なのか
判然としない

そこが
『聖書』や
『コーラン』
との
ちがいである

習慣

縁側の
ソファーに
坐って
庭の花々を
眺めていると
そこへ
新聞配達夫が
夕刊を
届《も》ってきた

すると
そこに
たま〳〵いた

小学生の
息子が
「ごくろうさん」
と声をかけた

これには
驚いてしまった
息子は
なぜ
あんな殊勝な
ことが
いえたのだろう

それは
きっと
私が
いつも
そういっている
からであろう
それを
真似たのだろう

子供は
恐しい
善いことも
悪いことも
みんな
真似る

以上は
新聞の
投書欄に
載った
ある
主婦の弁
である

アリストテレス
は
「倫理」の
語源を
「習慣《エートス》」
といっている

仏教
における
「戒律」は
原語で
「シーラ」
というらしいが
これも
「習慣」
という意味
らしい

浄土
（『浄土三部経』）

浄土は
はるか西方
十万億（？）の
国土を超《す》ぎた
ところに存する
〝楽園〟で
もしひとが
一度でも
そこへ行きたい
と願えば
だれでも
（死後に）
そこへ生まれる
ことができる
といわれている

また
一方
この世で
出離の念を
起こし
俗世を
超越すれば
すぐにでも

それらが
眼前に
開ける
ともいわれている

となると
浄土は
ひとびとが
死後に赴く
〝場所〟なのか
それとも
現世における
〝悟り〟の別名
なのか

また
その
〝楽園〟では
相変らず
説法が行われ
まるで
この世の延長
のようでもあり
そこでの
〝ひとびと〟の
〝くらし〟は
すこぶる
自由で
欲しいものは
何でも

食べられ
したいことは
何でも
できる
と
相変らず
そこには
〝欲〟も
〝迷い〟もある
ように
描かれている

どうも
もうひとつ
ピンと
こない

原始《ふるい》仏典
における
釈迦は
ひとは
自らの
努力次第で
永遠に
この
生の輪廻から
解脱できる
と説き
その
実存的決断を

促しているが
死後のことや
死後の
〝楽園〟の風景
などには
ほとんど
触れていない

それというのも
彼によれば
〝自己（の存在）〟
など
〝妄想〟
にすぎず
（その
〝妄想〟を
断滅すること
が
解脱である
から）
死後に
〝楽園〟へ赴く
主体など
有りようが
ないから
である

III

四十億年

触れられると
すぐに
引きこめられる
カタツムリの
ツノ（触角）

この
ツノの
（神経細胞の）
中だけでも
異様に複雑な
物質の動きが
連鎖的に
起きている
という

神経伝達物質《ホルモン》
タンパク質
酵素
ＡＴＰ（エネルギー）
カルシウムや
ナトリウムの
イオン
など〳〵が
複雑に連動して
刺激に

対応している
という

ヒトの
脳や神経も
これらの
延長上にある
目や耳や
鼻や皮膚
からの
情報を
素早く
脳で統合し
反応する

この
刺激に対する
複雑な
物質の動き
による
瞬時の反応
やはり
生命の
四十億年の
歴史のおもみ
とでも
いうべきか

環境像

動物
それぞれが
その
神経系から
受けとる
情報量が
ちがうのだから
その
環境（世界）
像も
それぞれ
ちがうだろう

ヒトは
〈ことば〉
によって
情報量を
広げ
環境像を
広げる
〈ことば〉（数式）
によって
月や火星に
出向き
その
環境像を

広げる

生と醒

ヒトは
その
人生の
三分の一を
眠っているが
（そのまた
四分の一は
夢を見ている
という）
ヒトが
なぜ
眠るのか
の生物学的
意味は
まだよく
分っていない
という

死も
また
同じである
ヒトが
なぜ
死ぬのか
の生理学的な
メカニズムは

まだよく
分っていない
という

（原核生物は
基本的には
死なない
という
死は
真核生物
とりわけ
有性生殖
からはじまる
らしい）

眠りと夢と
死
この
分らないづくし
の中に
われわれの
〈生〉と〈醒〉
はある

不思議

生まれたとき
から
昼と夜
があり
昼は
太陽に照らされ
夜は
星空を仰ぐ

雨が
降るときも
あれば
雪が
積もるときも
ある

雷鳴が
轟くときも
あれば
稲妻が
閃くときも
ある

だが
いつものこと
だから

何も
不思議ではない

周囲《まわり》に
犬や猫が
いても
蝶やカエルが
いても
不思議に
思わない

樹木が
生い茂り
花々が
咲き乱れても

不思議に
思わない

自分が
生きている
ことさえ
不思議に
思わない
生まれてきた
ことさえ
不思議に
思わない

完成態

魚の
歴史は
四億年
その
すがたかたち
は
すでに
完成態
といわれる
（もう
かわりようが
ない）

鳥も
そうかも
しれない
始祖鳥から
はじまって
一億数千万年
その
美しい
すがたかたち
は
完成態に
近いかも
しれない

その点
人間の
歴史は
せい〴〵
五百万年
まだ〳〵
日が浅い
とても
美しい
というもの
ではない

さて
人間の

完成態が
やってくる
のは
いつなのか
そして
その
すがたかたち
は
いかなるもの
なのか

存在

この
宇宙が
ひとつの
（不可逆な）
形を
もって
存在している
以上
即ち
無秩序で
無形式
でない
以上

そこには
何らかの
規律
即ち
法則
のようなもの
が
存在している
のだろう

それを
、、
知る
ことが

人間の
役目？、
目的？、
進歩？、
善？

だが
それで
どうなる

〈ことば〉の
不思議

月面の
クレーターは
隕石の
落下した跡
である
とか
地球は
多数の
微惑星が
衝突合体して
できたもの
である

とか
〈ことば〉は
そう
さ、ら、り、と
いってのける

だが
実体は
壮大な
時間と空間の
大スペクタクル

それを
わずか
数語の中に
閉じこめて
しまう
〈ことば〉の
不思議

〝われらが
宇宙は
百数十億年
の昔
無限大の
エネルギーを
持つ

無限小の
時空の
大爆発
によって
はじまった〟

未来の哲学

人間は
百年二百年前
のことだけでは
なく
千年や二千年
いや
一万年や百万年
千万年や一億年
いや〳〵
はるか
百数十億年前の
時間の世界を
想像することが
できるように
なった
だが
然し
今のところは
そこまでである
それより前
のことは……

また
一米《メートル》の
10^{-18}倍の
素粒子《ミクロ》の世界

から
10^{36}倍の
天空にいたる
（この
＋－《プラスマイナス》10^{44}倍の）
空間世界を
想像することが
できるように
なった
だが
これも
今のところ
そこまでである
その果ての
ことは……

これからの
いかなる
思想も
宗教も
また
哲学も
この
時空の裡にある
われわれ人間の
存在の意味
を問わなければ
役をなさない
だろう

（古代人は　　　　　　　　存在の意味）
既に
宇宙の創造を
無から、
展開させている
無限の
有的展開を、
秘めた
根源的な無、
まるで
「ビッグバン」
理論である
その中に
おける
われわれ人間の

フクロ
　ライオン

超大陸
パンゲアから
比較的
早い時期に
分離した
オーストラリア
大陸は
その後
孤独な
漂流をつづけ
ながら
その
乗客たちに
独特な進化を
もたらした
ようである

とりわけ
哺乳類は
はじめから
有袋類が
主であった
ようで
以後

全大陸が
それらの
進化の
実験場
と化した
ようである

カンガルーや
コアラなどを
はじめ
有袋類の
ライオン
有袋類の
オオカミ
有袋類の
アライグマ
有袋類の
モグラ
そして
有袋類の
ネズミまで
もが
生息していた
という

そして
その
最後の
、、、
フクロ
オオカミが

死亡したのは
一九三六年
動物園に
おいて
であった
という

細　胞

人体
における
細胞数は
アメリカの
著作では
百兆個
日本の
それでは
六十兆個
というのが
相場である
DNAの

ワトソンも
百兆個と
いっているし
日本の
ノーベル賞
学者も
六十兆個と
いっている
(因に
NHKの
高校構座
生物
でも

六十兆個と
いっている）

日米で
なぜ
それだけ
はっきり
ちがうの
だろうか

（お互いが
子供の頃から
教科書で
百兆個
六十兆個

と教えられ
それを
そのまま
今でも
信じている
だけなの
だろうか

数える
にしても
数えようが
ないのでは
ないか）

ところが

最近
三十二兆個
という
説が
できた
細胞一個の
重さから
全体を
計算すると
そうなる
とのことである

ということは
日本の
六十兆個

アメリカの
百兆個は
日米の
国民の
体の大きさの
ちがい？

でも
体が大きい
から
細胞が多い
とは
ならない
のでは？

考える
器官

地球上に
生息する
生命体は
遺伝子的に
よく似ている
といわれる

そのこと
から
この
地球上に
生命が

誕生した
のは
一、、、回、、、きり
ともいわれる

それから
四十億年
それらは
ついに
われわれの
〈脳〉
にまで

即ち
〈意識〉
にまで
行きついた
のである

そして
われわれは
自らの
存在を
自覚
（対自化）し
宇宙と
生命の
存在を
自覚した
のである

だが
しかし
そのあとも
即ち
魚類
両生類
爬虫類
哺乳類
とつづいて
きた
われわれの
あとにも

○○類が
生じる
のだろうか
（進化論が
正しければ
そうなる
はずである）

その場合
それらは
いかにして
生まれ
いかにして
子を
育てる

のだろうか
（卵生でも
胎生でも
なければ
また
授乳でも
なければ）

そして
それらは
いかなる
器官で
考える
のだろうか
〈脳〉で

考える
のでなければ

もし
〈脳〉
ではなく
新たな
器官で
考える
のなら
それらに
この
地球や
宇宙は
どのように
映る
のだろうか

（シュレーディンガー
は
われわれの
〈脳〉が
地球上での
考える
最終的な
器官
とは
かぎらない
といっている）

動物の心

トリガーフィッシュ
が
イセエビを
襲うとき
まず
脚を狙い
歩けなくして
から
次に
眼を狙う
トリガーフィッシュ
にも
なにがしかの
思いが？
心が？

ライチョウが
卵を
温めるとき
時々
それらを
上下
うらがえし
にしたり
互いの位置を
かえたりして

まんべんなく
温める
ようにする
ことを
「転卵」
というらしいが
ライチョウ
にも
なにがしかの
思いが？
心が？

アユの
産卵で
メスに
寄り添っていた
小さなオスが
大きなオスに
追いはらわれて
どこかに
行ってしまう
かと
思いきや
近くの岩陰に
かくれて
二匹《かれら》の様子を
じっと覗って
スキを
狙っている
アユにも

何がしかの
思いが？
心が？

また
その
メスにしても
オスなら
だれでも
というわけ
ではなく
メスにも
選択がある
らしい
メスにも

何らかの
思いが？
心が？

カニにも
求愛行為が
あるらしい

ウサギは
飼主が
何日も
家をあけると
怒りの
〝感情〟を
あらわにする

とのこと
そして
地団駄を
ふんだり
丸い糞を
飼い主の方へ
蹴飛ばしたり

シマウマの
子供が
泥沼に
首まで
はまり
ようやく
抜け出し

群に
戻ると
群の
馬たちが
いっせいに
逃げだし
仲間あつかい
しない
という

泥にまみれ
シマ模様が
見えず
仲間の
臭いも

しないため
別種の
生きもの
扱いとなる
という

小馬が
仲間に
戻れるのは
雨でも
降って
体の泥が
洗い流された
とき
とのこと

Ⅳ

自分の
〝一生〟

流れる
川の面を
眺めて
いると
流れている
のは
川の面
だけではなく
自然の
すべてが
自然
そのものが

流れている
のが
分かる

そして
自分も
やがて
その
流れの
なかに
戻っていく

このことは
いったい
何なのか

無限の
流れの
なかに
自分が
突然
一個の
ヒト
として
結晶し
また
くだけて

もとの
流れの
なかに
戻っていく

この
くだけ
とともに
消えていく
自分とは
いったい
何なのか

この
自分の

〝一生〟とは何なのか

四条大橋

四条大橋の
上を
歩いていて
ふ、と思う

百年後も
この
橋の上を
誰かが
歩いている

イヤな感じ

若い頃の
ことだが
何か
イヤな感じ
がして
スッと
そこから
気持をひく
ことが
よくあった

然し
そのうちに
遅ればせ
ながら
分ってきた
のは
正に
そここそが
生活
というものの
場
だったのである

生活の場
となると

ひとは
途端に
目付が変わる
顔の色も
言葉の調子《トーン》も
変わる

それが
〝イヤな感じ〟
だから
気持が
ひけていた
のだが
実は
今でも

それが
なおっていない
のだが――

忙しい

みんな
忙しそう
である
何が
そんなに
忙しいのか
といえば
みんな
何かを
売っている
のである

ひとは

何かを
売らなければ
生きられない

ナベカマを
売る
労働力を
売る
サービスを
売る

そして
ナベカマを
買い
労働力を

買い
サービスを
買う
それが
〈生きる〉
ということ
である

学生も
忙しそう
である
あれは
勉強
と称して
「売る」準備
をしている
のである

ひとは
売らなければ
生きられない
売らない
ものは
貰うか
拾うか
奪うか
である

ヘーゲルの
読み方
（ヘーゲル
『精神現象学』）

ヘーゲルの
『精神現象学』
に
三度挑戦し
二度失敗し
三度目に
ようやく
読み切ること
ができた

一度目の
失敗は
「この
文章
（翻訳文）は
日本語の
文章として
意味を
なさない
成立しない」

と思われる
一文に
遭遇し
先へ進めなく
なったから
である

「この
文章を
日本語の
文章として
素直に
読めば
〈概念〉が
自己意識を
もつことに
なる
だが
そんなことが
あるはずも
ないから
この
文章は
日本語の
文章として
成り立たない」
これが
一度目の
つまずきの
原因《もと》である

それから
しばらくして
二度目の
挑戦を
行った
（翻訳者は
別人）
しかし
ここでも
同じ問題に
逢着し
再び
退却する
ことになった

それから
また
何年かして
三度目の
挑戦と
相成った
だが
今回は
前二回とは
ちょっと
ちがっていた

この間に

著者の

他の作品を
いくつか
読んでいたため
読み切る
準備が
出来ていた
のである

即ち
「〈概念〉に
自己意識が
ある」
のである

というのも

ヘーゲルに
とっての
歴史は
人間が
自由を
獲得していく
歴史であり
それは
また
神の
自己実現の
歴史
でもある
のである

そして
それは
人間の
精神に
おける
〈概念〉の
弁証法的
展開
として
実現される
のである

故に
〈概念〉の
自己意識

とは
その
弁証法的
展開
そのもの
であり
それが
また
神の
自己意識
であり
人間の
それでもある
のである

だが
その
〈概念〉が
人間の
精神において
具体的に
どのように
展開される
のかは
一切
論じられて
いない

即ち
この

著作は
結果的に
次の
『論理学』の
序説を
果している
だけである

（書いている
途中で
計画が
変更された
のであろう
という
論者もいる）

体制派

哲学は
ヘーゲルで
終り
といわれた
時代には
多くの
哲学者が
ヘーゲリアン
になった

そこから
立ち上った
のが

フォイエルバッハ
であり
シュティルナー
であり
マルクス
である

そして
哲学は
マルクスで
終り
といわれた
時代に

なると
多くの
哲学者が
マルキスト
になった

そこから
立ち上がら
ないで
マルキスト
になった
哲学者は
ヘーゲル
時代の
ヘーゲリアン

即ち
哲学の
体制派

理想と
　現実

社会主義を
生の抑制
（公平・平等）
ととらえる
（富裕な）
インテリ層と
生の渇望
ととらえる
（貧困な）
労働者層
後者が
前者を
利用し
駆逐し
権力を握る

存在論と
　認識論

何かが
在る形で
存在している
という
存在論

何かが
有る形で
認識される
という
認識論

「在る」が
存在
「有る」が
認識

「在る」は
外界・自然
・もの
「有る」は
生きとし
生けるものの
基底をなす

「ある（意味）」

この
「有る」が
「在る」の
「在りよう」を
捉え
生きとし
生けるもの
即ち
「ある（意味）」に
〈存在像〉
〈〈世界像〉〉が
成立する

真理

哲学書
の中に
〈真理〉など
ない

あるのは
ただ
そのひと
（著者）の
〈ものの
考え方〉
だけである

なるほど
この世を
そのように
考えるか

権利と義務

無人島に
ひとり
いるものに
権利などない

バラ〳〵に
流れついた
五人
それ〴〵にも
権利など
あるまい

権利とは
そのひとに
義務を
負うもの
に対して
だけ
ある
とは
ヴェイユの言

ウィリアム・ブレイク語録
（『天国と地獄の結婚』）

○鷲を
見る時
汝は
天戈の
一面を見る
汝の
首を上げよ

○鷲は
鳥に
学ぼうと
身を
屈した時
ほど
時間の
損失をした
ことがない

○勇気がない
ものは

狡智に
たけている

○汝が
彼を
利用するのを
黙っている
彼は
汝を
知り切って
いるのだ

○馬鹿の
非難も
聞いてみると
堂々たる
ものである

○溜り水は
毒水だと
思え

○十分以上を
知らざる
者は
十分を
知ったとは
言えない

ニコライ・
スタヴローギン
（ドストエフスキー）
『悪霊』

文学を彩る
さまざまな
登場人物
の中で
もっとも
気になる男
ニコライ・
スタヴローギン

とびきり

明晰な頭脳
と
とびきり
繊細な神経
の持主

頭が
い、い、い、
よすぎて
〈生きること〉が
馬鹿らしくて

仕方ない
〈生きること〉
の意味を
どこにも
見出せない

それで
やること
といえば
その
〈意味〉に
舌《ベロ》を出すこと
その
ウ、ラ、をかくこと

〝いくら何でも
この場で
この私の
鼻づらを
つまむことなど
出来ますまい〟
と演説中の
県知事の
その鼻づらを
つまんで
見せたり

ゆきずりの
ひどく醜い
娼婦に

恭しく
プロポーズ
したり

革命運動に
拘わって
その黒幕に
おさまったり
様々な
〈奇行〉を
繰り返す

そして
しまいには
〝もう

この世では
何も
することがない
あとは
きみと二人で
あの
スイスの
山荘で
静かに暮す
だけだ〟
と書き置き
をして
旅立ち
恋人が
慌てて

あとを追い
山荘の扉を
開けると
スタヴローギンが
首を縊《くく》って
死んでいた

〝悟り〟

〈生〉
という
システムは
〈性〉に
快感を
与えて
できるかぎり
多くの
子孫を
残そう
という
構造に
なっている

ゆえに
自らの
〈生〉を
修業などと
称して
極端に
いためつける
〈精神〉に
対して
一転
快感を
与え

それを
阻止する
ことなど
容易で
あろう

という
わけで
突如
湧き起った
不可思議な
快感に
〈精神〉は
圧倒され
ひとり

〝悟った〟
と宣言し
来た道を
引き返す

曰ク
神を観た
生死を
超えた
宇宙の理と
一体となった
など〳〵
ひとそれ〴〵
である

したたかな
歴史を
侮るでない

だが
いうまでもなく
ひとの
〈精神〉の
歴史は
たかぐ〵
数十万年
それに対し
〈生〉の
それは
四十億年
その
四十億年
という
〈生〉の

［著者］鈴木稜紀

昭和18年生
京都府立大学卒
『意識とは、何か』（2021年、東洋出版）

雑詩集《ざつししゅう》　月《つき》の石《いし》

発行日　2023年5月27日　第1刷発行

著　者　鈴木稜紀（すずき・りょうき）

発行者　田辺修三
発行所　東洋出版株式会社
〒112-0014　東京都文京区関口1-23-6
電話　03-5261-1004（代）
振替　00110-2-175030
http://www.toyo-shuppan.com/

印刷・製本　日本ハイコム株式会社

ISBN 978-4-8096-8687-0
定価はカバーに表示してあります

ISO14001 取得工場で印刷しました